CAMPAGNAC

LA HOULETTE PASTORALE

DE

MONSEIGNEUR VERDIER

RODEZ

IMPRIMERIE CARRÈRE

1917

Prix : 1 franc.

CAMPAGNAC

LA HOULETTE PASTORALE DE Mgr VERDIER

CAMPAGNAC

LA HOULETTE PASTORALE

DE

MONSEIGNEUR VERDIER

RODEZ

IMPRIMERIE CARRÈRE

1917

AVANT-PROPOS

....

Depuis que Notre-Seigneur a dit à ses Apôtres :
« Vous êtes le sel de la terre ! » la religion
des fidèles est devenue le témoignage accrédité de
la vertu de leurs prêtres et cette affirmation de la
Sagesse incréée s'est traduite en une maxime
populaire : « Telle paroisse, tels curés. »

C'est ainsi que la fidélité de provinces entières,
en France, reste aux yeux de l'Histoire comme la
glorification de certaines évangélisations retentis-
santes. Sans aller demander des exemples aux
contrées regardées comme les apanages spirituels
de saint Vincent Ferrier ou du B. Grignon de
Montfort, ne découvrons-nous pas, près de nous,
à chaque instant, dans notre diocèse, les vestiges
de la sainteté des prêtres qui ont organisé ou
administré ses paroisses ? Que sont d'ailleurs les
traditions chrétiennes, sinon la transmission au
présent des conquêtes apostoliques du passé ?

Parmi les paroisses ainsi fortement marquées de l'empreinte de ses pasteurs, celle de Campagnac depuis longtemps mérite un rang de faveur. Ses usages, ses pratiques, sa tenue chrétienne, tout son esprit général, aux yeux de ceux qui l'ont approchée, proclament comment ses divers curés ont répandu sur son sol spirituel le sel abondant de leurs œuvres et de leur zèle.

Mais voici que l'un d'eux semble n'avoir quitté son bercail que pour devenir son évêque. Ses hautes qualités l'ont fait désigner par l'Autorité suprême de l'Eglise et bientôt le Saint-Esprit sur son zèle et son talent va faire passer les grâces d'une Pentecôte nouvelle.

Les fidèles de Campagnac ont frémi à cette annonce et la réjouissance générale du diocèse devient pour eux l'antienne d'un *Magnificat* particulièrement joyeux. Leur âme peut donc s'ouvrir et leur souvenir exulter en celui qui leur apporta le salut en « conservant leur foi », et leur joie, s'inspirant de la pensée des belles choses accomplies pour leur bien, redira au loin par ses élans mêmes combien Mgr de Ligonnès a su réaliser dans son choix le bonheur de son diocèse.

L'Episcopat, en effet, en soi, objectivement, n'est que la plénitude du sacerdoce ; en élévant la prétrise à sa seconde puissance, il confère des pouvoirs agrandis sur un champ d'action plus étendu et plus varié. Les œuvres du ministère paroissial restent donc la base des attributions d'un évêque et composent une mesure de son programme.

Considéré dans l'élu, subjectivement, l'épiscopat apporte la consécration des facultés naturelles et des dons surnaturels déjà mis en œuvre ; il soumet au coefficient du sacre tous les mérites déjà acquis. En sorte que Mgr Verdier, en entrant dans le Cénacle où le Saint-Esprit doit marquer son âme du sceau des Apôtres, peut se retourner avec confiance vers la portion du diocèse où il a réalisé sa devise « *Fidem servavi* », et, du champ clos de son ministère de Campagnac, sortira exprimé par des faits le développement des paroles sobres, délicates et profondes par lesquelles Mgr de Ligonnès présente l'auxiliaire qu'il s'est donné : *Opus meum vos estis in Domino... signaculum apostolatus mei* (1).

Ces quelques souvenirs timidement (2) reconstitués devraient payer un tribut de redevance et

(1) « Vous êtes mon œuvre dans le Seigneur... la signature de mon apostolat. »

(2) Lorsqu'on connaît le soin personnel de Mgr Verdier à faire silence sur son ministère, comment en soulever les actes sans craindre de blesser sa modestie ?

de reconnaissance paroissiales ; ils voudraient devenir un respectueux hommage de filial et fidèle attachement ; puissent-ils au moins, au moment où les mains du pontife consécrateur vont donner place dans le Collège apostolique à Mgr Verdier, faire entrevoir à ceux qui ne l'auraient vu qu'à distance le rang que sa valeur, sa piété, sa foi et sa doctrine lui assurent parmi les Pontifes que saint Martial et saint Amans auront associés à leur œuvre.

Armes de Mgr Verdier.

CAMPAGNAC

La Houlette Pastorale de Mgr Verdier

I. Le Poste.

Une plume de poète (1) (celui qui la tient n'a-t-il
pas passé des récréations fort heureuses avec les
Muses)? comparait naguère une paroisse ae la
montagne à une petite reine. Par sa situation, en
effet, Sainte-Geneviève semble commander à
d'autres pays. Ses routes lui envoient des touristes
et bien des voyageurs pour aller ailleurs sont
contraints d'arriver chez elle ; ç'en est assez pour
donner sinon les illusions du moins les apparences
d'un tribut ou d'une prédominance. Le qualificatif
flatteur ne trouverait pas son accord avec Campagnac qui, lui, ne relie pas d'autres pays entre eux
et que la géographie a jeté sur les limites extrêmes
du département, en plein voisinage de deux ou
trois paroisses de la Lozère.

(1) Le chanoine Vaylet, *Revue religieuse* du 26 janvier 1917.

D'autres localités se signalent au loin par le bruit de quelque industrie ou de quelque spécialité ; leur nom vient souvent et facilement en bouche parce qu'elles frappent les yeux dans le va et vient des voyages. Campagnac n'a même pas cette faveur toute nominale, bien qu'il puisse recevoir ses visiteurs en chemin de fer et leur offrir, au-dessus et au-dessous de son large plateau dominant la vallée de l'Olt (Lot), les beaux panoramas dont rêvent les touristes. Mais il faut y aller exprès et, par un dernier caprice de sa topographie, la localité se dérobe à la vue tant qu'on n'a pas embrassé du regard une grande partie de son horizon.

Il fut un temps où sans trop tourmenter la ligne droite ce chef-lieu de canton aurait pu, comme Sévérac et La Canourgue (Lozère), être directement relié à Perpignan et à Paris, et la route N° 9 aurait, à travers des terrains fertiles, retrouvé sa direction par le plateau de Canilhac. Mais pour être jeté dans ce tracé, qui lui aurait donné le mouvement et la popularité, Campagnac n'eut pas alors son homme.

Cette paroisse, s'il est permis de parler d'elle aussi en figure, devait dès lors ressembler à une douairière résignée et tranquille, n'ayant d'autre ambition que celle d'élever ses enfants dans l'aisance, la charité et la religion.

Ceux de ses fils d'ailleurs qui auraient pu attirer davantage l'attention sur elle, frapper l'opinion avec plus d'éclat ont porté leur nom et établi leur fortune ailleurs. Pour ne nommer que les principaux : Joseph Privat, à Rodez et à Vayssettes ; Edouard Privat, à Toulouse ; les Rogéry à Saint-Geniez et à La Planque ; les Jaudon à Rodez et à Paris ; Lunet de la Malène, à Rodez et à Planèze.

Saint-Laurent-d'Olt : Panorama vu de la Costète.

En sorte que les localités voisines par leurs coalitions traditionnelles ont souvent réussi à attirer vers elles les faveurs et les honneurs politiques (1).

Cette absence de publicité ne devait rien enlever des biens véritables de Campagnac, s'il est vrai, comme le remarque saint Grégoire, qu'en n'exposant pas ses trésors sur les chemins on risque moins d'être dépouillé, et cette paroisse, par la richesse de son sol, le travail et la religion de ses habitants a mérité, contre la disgrâce géographique, le titre de chef-lieu pour le canton auquel elle donne son nom (2).

L'ancien chiffre de la population s'était senti mal à l'aise dès que la culture du blé s'était ralentie ; le trop plein se déversait de préférence vers le Languedoc avec lequel l'approvisionnement du vin occasionnait d'autres échanges ; aux années 1880, 81, 82, une saignée profonde se fit au pays et des familles entières disparurent dans le torrent cheminot. Un recensement voisin de l'arrivée de Mgr Verdier attribuait encore 220 feux au bourg, en sorte que, par l'adjonction de ses villages, la paroisse conservait un nombre d'âmes bien respectable.

En parcourant les trois ou quatre principaux quartiers de Campagnac étendus en pente tran-

---

(1) Depuis 1849, époque où le canton de Campagnac fut disjoint du canton de Laissac pour les élections du Conseil général :

Vidal de Saint-Urbain, conseiller général, Saint-Laurent....	1849-1853.
Touzery,	id.,	Saint-Saturnin....	1853-1859.
Lunet, notaire à Rodez,	id.,	Campagnac.......	1859-1872.
Vidal de Saint-Urbain,	id.,	Saint-Laurent....	1872-1881.
Gabriel Vidal de Saint-Urbain, id.,	Saint-Laurent....	1881 . . .

(2) Ce titre lui est acquis depuis 1804. Après avoir échappé au rattachement du district de Sévérac pendant la Révolution, le canton eût pour chef-lieu Saint-Saturnin de l'an V à l'an 1804.

quille, chacun à sa manière, au soleil du midi, il
est facile de recueillir des indications générales
sur les origines de la localité et les anciennes ressources de la population.

La partie qu'on pourrait appeler *féodale,* parce
que des cloîtres au Triadou elle s'était serrée autour de l'ancien fort de la Place, remonte sûrement
à une époque tourmentée de l'histoire. Les maisons, appuyées les unes contre les autres avec la
préoccupation visible de mieux assurer leur défense, sont enchevêtrées autour de rues presque
étroites; reconstruites ou retouchées avec les co-
quetteries modernes, elles ne trouvent pas encore
le large ni un alignement bien défini. Jusqu'à ces
dernières années on remarquait quelques-unes de
ces portes à triple battant jusqu'à mi-hauteur qui
s'ouvraient toujours sur des pièces voûtées, dernier souvenir des ateliers nombreux où se préparait le chanvre et du marché animé de « Cadis »,
qu'entretenaient à Campagnac les filatures de
Saint-Geniez.

La place publique porte dans ses parapets une
série de mesures, creusées dans la pierre massive,
mises au service des nombreux acheteurs de blé
qui venaient, comme à de nouveaux greniers d'E-
gypte, remplir leurs sacs à une époque où la production de cette céréale était moins commune et
plus difficile.

Une partie plus moderne de la localité se com-
pose de constructions assises à l'aise et au large en
des temps calmes, avec toutes les dépendances
pour exploitations agricoles.

La culture et le tissage du chanvre, la production
intense du blé avaient fait vivre et enrichi les habitants de Campagnac à l'époque où, plus qu'aujour-
d'hui, le pain devenait pour un grand nombre sinon

l'unique, au moins le difficile nécessaire. Le terrain y était partout cultivé et fertile jusqu'à mériter d'être âprement disputé à la pierre et son plateau étendu avait généreusement suffi pour fournir aux grands domaines, pour arrondir les propriétés moyennes sans jamais enlever la part des petits.

Aucun de ces détails ne paraîtra oiseux à ceux qui veulent comprendre l'esprit d'une population que la religion avait réussi à préserver de l'orgueil et de l'égoïsme au temps de son abondance et au milieu des revenus de son travail.

Les libéralités privées avaient fini, en s'accumulant, par doter richement un bureau de bienfaisance et assurer l'assistance gratuite aux malades (1) ; de larges communaux mis à la discrétion des pauvres attiraient des environs de petites gens se créant avec empressement un abri à l'ombre de cette charité hospitalière, et les temps ne sont pas reculés où les enfants des diverses localités que domine le plateau montaient par bandes les jours de congé pour provoquer des distributions de pain dont les habitants leur étaient prodigues.

Un ruisseau, La Serre, aurait pu rafraîchir et fertiliser davantage une terre si généreuse d'elle-même ; mais il s'échappe presque au moment où le plateau finit, et, comme s'il avait hâte de fuir sa source, il se précipite par le col pressé du Monnet et des Landes pour se ralentir vers St-Saturnin et faire enorgueillir ce pays de sa nappe de verdure

(1) En 1849, avec l'inauguration de la Maison commune et l'arrivée de la gendarmerie, coïncidait l'installation des frères du Sacré-Cœur du Puy et des religieuses de S. Dominique de Gramond.

En 1868 arrivèrent, comme garde-malades, des religieuses du S. Cœur de Marie, de Cruéjouls. Elles étaient appelées par le D' Antoine Lunet, frère du conseiller général Bonaventure Lunet, contre le gré du D' Privat, maire de la commune.

le long de laquelle est venue s'aligner la route de Campagnac à Rodez.

Ceux qui ont vu le Mur-de-Barrez ont l'impression que Mgr Verdier, malgré la distance, ne se trouva pas trop dépaysé en son nouveau poste dans lequel parmi d'autres terrains représentés dominait de beaucoup le calcaire.

Le jeune curé d'ailleurs, en s'orientant, dût être attiré par des perspectives d'une autre nature.

En 1886, les ateliers de « Cadis » étaient fermés depuis longtemps ; depuis quelques années à peine avait cessé la couture de gants (1) avec ses réunions de famille et de quartier. Le bouleversement du chemin de fer avait atteint trop de maisons dans leur splendeur et leurs habitudes du passé ; mais l'esprit patriarcal n'avait pas sombré tout entier. Sous leur veste de drap de pays, quelques anciens propriétaires portaient toujours les restes de l'ordre, de la dignité, de l'aisance qu'ils avaient sauvés de l'entraînement. En plus grand nombre il y avait des mères de famille dont le travail, l'enseignement et l'exemple avaient consolidé la fortune et l'honneur de leurs foyers et qui enveloppaient sous leurs châles une vertu austère. Les mœurs publiques étaient châtiées et les amusements les plus animés de fêtes publiques ou d'auberge ne toléraient pas un instant ces promiscuités et ces danses dont s'attristent tant les consciences restées honnêtes. Une preuve que le démon ne régnait pas sur les soirées longues et nombreuses consacrées aux occupations de la filature ou de la couture se

_____

(1) Des entrepreneurs pendant bon nombre d'années, depuis la fermeture des ateliers, allaient prendre des gants à Millau pour les faire coudre à la pièce. Les distributions de ce travail tous les quinze jours provoquaient une affluence dont la paye des allocations avec tout l'empressement qu'elle fait naître ne suffit pas à donner aujourd'hui une idée même lointaine.

Une rue de Campagnac.

manifestait tous les matins à l'église. La fréquentation de la messe en semaine avait toujours été en
honneur et, comme pratique parallèle à l'assistance
des femmes au saint Sacrifice, l'usage était très
commun chez les hommes d'aller réciter la prière
du matin devant le St-Sacrement. En sorte que l'on
voyait sans s'étonner les ouvriers déposer leur
outil sur la porte de l'église en se rendant au travail, des propriétaires, entre le temps de deux bras-
sées de pâture dans leur pansage, faire assez long
trajet pour grossir le groupe des fidèles en prière
et mettre « Notre-Seigneur au milieu d'eux » par ce
rendez-vous matinal de l'âme.

Dans ces restes d'habitudes chrétiennes, Mgr
Verdier dut vite entrevoir des éléments de la réno-
vation spirituelle dont son arrivée apportait le programme.

II. La Succession.

La houlette qu'il allait prendre en mains avait été
tenue par des prêtres de mérite et de vertu, et le
respect qu'elle avait toujours inspiré s'était mani-
festé à sa manière durant la tourmente révolutionnaire.

Le clergé(1) de cette époque avait sans doute dû
se soustraire aux recherches du Comité de St-Geniez ; mais il avait pu faire les actes essentiels du
culte. Une maison (elle sert aujourd'hui, après des
transformations, d'école communale pour les filles)
par sa situation, par la bonne garde dont elle était

---

(1) Le curé de l'époque était M. Labaume d'Auberoques ; ses deux vicaires Calmels et Rivesalte. Le curé avait administré près de vingt ans la paroisse avant la Révolution. Il avait une réputation de valeur et on disait
qu'il avait refusé la mitre.

munie, avait, comme plus tard l'église provisoire le fera au moment de la reconstruction, prêté ses caves pour beaucoup de cérémonies secrètes (1). L'état religieux a été tenu à jour par un prêtre originaire du pays vivant dans sa famille. La population montra plus que l'unanimité des sympathies vis-à-vis du clergé de Campagnac. Plusieurs fidèles s'enrôlèrent au dehors dans l'armée de Charrié pour la défense des autels (2), tandis que d'autres sur place employèrent diverses industries pour protéger les jours de leurs prêtres. Tel cet agent municipal (3) qui feignit un zèle révolutionnaire ardent pour surprendre les projets de patrouilleurs de St-Geniez et pouvoir avertir à temps les familles dans lesquelles devaient s'opérer les recherches.

M. *Yacinthe de Roquefeuil*, du Bousquet-de-Laguiole, resta peu de temps curé de Campagnac ; les privations de la Révolution ayant épuisé ses forces.

M. *André Turc*, de Rodez, accomplit après lui au grand jour les exercices du ministère paroissial après la Révolution (4). Sa charité et sa générosité

---

(1) Ironie des circonstances ! Cette maison devait fournir l'occasion d'une protestation dans la cession de terrain communal pour la nouvelle église.

(2) L'un d'eux racontera plus tard à sa famille les circonstances de son salut. Pris avec d'autres dans le clocher de St-Geniez (il avait alors 28 ans) il fut dirigé vers le tribunal révolutionnaire de Toulon ; il ne se faisait pas d'ailleurs illusion sur la décision de ses juges, lorsqu'un de ses compatriotes, le lieutenant-colonel Rogéry, préposé à la garde de la prison, le reconnut parmi les autres. « Pitiou, té connouissé, saoûbo-té bité », lui dit-il précipitamment en patois afin de n'être pas compris de l'entourage. Une porte dérobée s'ouvrit d'un geste aussi rapide que la phrase. Le lieutenant-colonel Rogéry poursuivit sa carrière militaire sous l'Empire. Athané le cite dans la liste des généraux aveyronnais. Il se retira à St-Geniez, mais il était né à Campagnac.

D'autres enrôlés furent moins heureux que le précédent, ils furent fusillés. Parmi eux figurait Duranc, fils d'un chirurgien du pays.

(3) Il s'appelait Julien.

(4) M. Turc avait vécu en Espagne pendant la tourmente révolutionnaire.

laissèrent une impression profonde de sympathie au point que, plus de quarante ans après, Mgr Verdier ne fit pas revivre son nom dans son discours d'installation curiale (fin juillet 1809) sans provoquer un tressaillement d'aise et de contentement dans son auditoire.

Après M. Turc, en 1843, M. *Jacques Privat*, curé de St-Martin et originaire de St-Saturnin, devait laisser les œuvres et les exemples d'un «prêtre selon Dieu ». Lorsque, le 2 juin 1886, Mgr Verdier arriva comme vicaire régent, la paroisse, depuis 1805, avait à sa tête une des plus belles intelligences du diocèse. Ancien professeur de mathématiques à Bordeaux où le cardinal Donnet l'avait choyé, ancien curé de Lafouillade, M. *Justin Grimal* avait bien légitimé les « préférences » de son oncle le grand-vicaire.

Deux prêtres de valeur se rencontraient ainsi aux extrémités de leur ministère à Campagnac. Leurs relations aux yeux de la paroisse revêtirent toutes les délicatesses que la charité sacerdotale inspire, mais le contraste de leur personne ne pouvait échapper même aux plus distraits.

L'un, portant dans ses cheveux blancs l'indication de ses longs et nombreux mérites (il avait 78 ans), n'avait rien perdu de sa taille forte et droite. Sa voix, puissante et animée, s'accompagnait de gestes, d'images et d'enthousiasmes ; tout autant de témoignages de l'ardeur de son tempérament et de la richesse de sa nature.

Le jeune âge de l'autre fournissait une preuve non équivoque de son talent ; la fermeté de sa tenue semblait bien dire qu'il ne reculerait jamais ; mais sa sobriété de paroles et de gestes, la pleine et vigilante possession de lui-même montraient assez qu'il avancerait toujours avec maturité de jugement et sans les illusions de la précipitation.

Lorsque les deux pasteurs s'abordaient, un mot dit à Rome par le cardinal Zigliara sur le neveu (1) de M. Grimal « il a la chambre bien garnie » aurait pu être appliqué par les témoins de l'entretien. Pendant que le vétéran du ministère dans sa conversation lançait au dehors des jets de lumière, son successeur, tout en gardant le contact des personnes, allumait toute une clarté d'idées au dedans qui devait se manifester ensuite dans l'à propos, la force et la décision de la parole, « il garnissait sa chambre ».

Les événements de 1830 avaient surpris M. Grimal au moment où il orientait son avenir ; toute sa vie en avait été impressionnée et les problèmes politiques, dans sa nature richement douée pour les combinaisons et les calculs, avaient soulevé bien des émotions. Maintenant qu'il se trouvait délivré des préoccupations paroissiales, le vénérable septuagénaire se dégageait de la terre à mesure qu'il fixait davantage le Ciel ; mais ses études et ses goûts du passé redemandant encore leurs droits, il étudiait aussi les espaces reprenant, pour y poursuivre les astres, les calculs du binôme de Newton auquel il se complaisait d'ajouter le binôme de Sarrus, son illustre compatriote, car il était lui-même de Saint-Affrique.

Mgr Verdier, à une époque où les partis politiques avaient déjà donné la mesure de leur stérilité, avait étudié dans l'histoire générale et dans leur histoire même la vanité des agitations humaines sans l'Evangile, *non est in alis aliquo salus*. Il entretenait en lui-même, pour les confirmer chaque jour, des convictions auxquelles Sa Sainteté Pie X

(1) M. l'abbé Louis Grimal, alors directeur et professeur du grand Cours de Dogme au Séminaire de Lyon.

donnera la formule *mea politica crux est* (1). La politique n'étant qu'une résultante dans la détresse des événements, il voyait un motif de plus d'instruire et d'évangéliser, sentant plus forte en lui la « commisération de Notre-Seigneur sur la foule », plus vive aussi la résolution de substituer le vrai Dieu « à cette idôlatrie de la cité ».

Les facultés intellectuelles des deux curés de Campagnac avaient des nuances qui s'étaient manifestées dans l'exercice extérieur de la volonté, dans le caractère. M. Grimal, avec sa flamme méridionale et l'exubérance de sa nature, portait en lui-même le danger de la « successivité », d'après l'axiome bien ontologique *violentum non est durabili* (2). Mgr Verdier, au contraire, partant toujours de la raison, c'est-à-dire avec calme, allait avec esprit de suite, avec progression et conduisait les moyens que sa prudence avait adoptés vers leur fin logique, comme la démonstration d'un théorème amène inflexiblement à sa conclusion.

A des caractères si différents, les sympathies accouraient par des voies aussi diverses.

A mesure qu'il voyait approcher le terme de son départ, de ce grand départ qui n'éveille en personne l'idée du retour, le bon vieillard sentait son affection pastorale s'élargir ; alors l'expression de son amitié devenait plus vive, son amabilité se traduisait par des expressions séduisantes, un sourire paternel illuminait sa grande figure et frappait l'imagination, la mémoire et le cœur, telle une lumière rayonnante projetée sur l'interlocuteur et faisant naître un souvenir impérissable.

Comme si la perspective des étapes à parcourir avait dû le rendre plus circonspect encore, le pas-

_____

(1) Ma politique, c'est la croix. — (2) Le violent n'est pas durable.

teur nouvellement arrivé nuançait son affabilité, laissant à la manifestation de ses sentiments la part de chaque jour, abandonnant même aux détails de son hospitalité, toujours délicate, bienveillante et riche, le soin de compléter l'expression de ses paroles. Sa conversation d'ailleurs paraissait moins impatiente de donner qu'avide de recueillir, et alors, au milieu du travail opéré par l'esprit, autour de son front devenu incapable de contenir toutes les idées maîtrisées par le silence, se dégageaient des effluves de pensée comme l'on voit parfois des vapeurs dilatées parcourir et couronner la cîme de rochers les plus compacts. La bonté, traduite avec cette sobriété, cette sincérité soutenue et ces manifestations progressives, donnait aux relations de Mgr Verdier la chaleur constante, régulière, sans éclat qui nous prend par tout nous-même et gagnant à la fois l'esprit et le cœur entretient une atmosphère de printemps sans fin dans nos amitiés.

Vers la fin du ministère de M. Grimal était survenu un bouleversement moral tel qu'aucune révolution extérieure n'en eut jamais produit. Dans ce pays les constructions du chemin de fer exigèrent des travaux d'une importance et d'une longueur exceptionnelles. Depuis Tarnesque jusqu'à Saint-Laurent-d'Olt le tracé de la ligne *à double voie* est presque partout taillé dans le roc avec tranchées profondes, trois tunnels dont l'un de 1200 mètres percé à coups de mines dans le massif calcaire du plateau, avec deux viaducs dont l'un compte 300 m. de longueur sur une hauteur de 50 mètres pour plusieurs de ses arches. Les ouvriers de tout travail, des surveillants, des tâcherons, des entrepreneurs venus de partout, bigarrés de costume, de langage et surtout de mœurs et d'idées, soumirent cette population hospitalière et étonnée à une pro-

Le viaduc de Saint-Laurent-d'Olt.

miscuité de six grosses années. Ils transformèrent
les granges en habitations, s'établirent dans les
ménages, construisirent des villages nouveaux
avec leurs « cambuses » de bois ou de torchis au
Viaduc, à Malecoste, au Monnet, au Mas-de-Seguin,
au Mas-de-Carlat, aux Landes. Les jours chômés,
l'encombrement des rues et des auberges pouvait
reporter l'esprit vers un cantonnement de quelque
« légion étrangère » en manœuvre, avec moins de
discipline et plus de licences. Un commissaire de
police en détachement combinait ses efforts avec la
gendarmerie pour surveiller l'ordre de cette tourbe
désordonnée. La force armée arrêta quelques luttes
au couteau (pas toujours) engagées autour des
héroïnes de bouges ou de tavernes. Mais comment
enrayer la licence de grand jour, l'immoralité
secrète, les alliances imprudentes! Ce fut le « scan-
dale nécessaire » dont rien ne put contrebalancer
les impressions. Le désastre moral eut son contre-
coup dans la fortune matérielle, car toutes les clas-
ses avaient eu leur contact avec les étrangers et
toutes furent exposées aux changements d'habitudes, et ces changements d'habitudes entraînèrent
les dettes et la perte des propriétés. La population
qui resta derrière le torrent avait peine à reconnaître le pays parmi les vides et les transformations opérées sous des eaux si violentes et si bour-
beuses. Les réparations de l'après-guerre qu'on
nous fait à cette heure entrevoir ne donnent pas
une idée complète de celles que Mgr Verdier
devait apporter dans son nouveau ministère.

Faut-il ajouter pour la vérité que cette œuvre de
restauration avait été facilitée par son prédécesseur
lui-même ? M. Grimal avec sa haute intelligence
avait compris que l'œuvre principale d'un curé,
l'œuvre sans laquelle un ministère est sans base et

sans fruits durables, c'est le catéchisme. Ce prêtre instruisait les enfants sans se ménager et admirablement. Sa psychologie savait saisir, frapper, émouvoir et attirer leur jeune âge ; et son zèle, en cherchant chez quelques-uns les éléments de la vocation religieuse, développait en tous les convictions et les lumières de la vie chrétienne.

C'était, pour une reconstruction, les fondements assurés.

III. Association Paroissiale.

Pour choisir dans les articles de son programme celui qui urgeait le plus, le nouveau doyen n'avait aucunement besoin d'attendre les leçons parues depuis dans « l'âme de tout apostolat ». Sa théologie profonde le pressait d'attirer par la prière les bénédictions du ciel sur tous ses efforts. Saint Liguori n'a-t-il pas dit qu' « une âme parfaite vaut plus que mille âmes imparfaites » ? D'ailleurs pour les paroisses comme pour les individus il ne faut établir ni stationnement ni limites à la perfection. *Qui sanctus est sanctificetur adhuc* (1). Grouper sur le champ des âmes de bonne volonté pour leur perfectionnement spirituel n'est-ce pas étendre au loin le royaume de Dieu ?

Campagnac possédait alors une chrétienne d'élite, une émule de sainte Paule et de sainte Marcelle, ensevelie au milieu de sa fortune dans la solitude, ne connaissant que l'église, les pauvres, son château (2). Mademoiselle Serpantié acquérait tous

---

(1) « Que celui qui est saint se sanctifie encore. »
(2) Le château de Beaufort, berceau de la famille Rogéry.

les jours des titres à la reconnaissance particulière
de la paroisse qu'elle n'avait cessé d'édifier, pour
laquelle elle dépensait ses revenus annuels en lar-
gesses à l'église ou en bienfaisance aux nécessi-
teux. Elle avait offert sa maison pour le logement
du vicaire-régent en attendant que fut définitivement solutionnée la question du presbytère ; plus
tard elle ouvrira les sous-sols au public pour assurer le culte, en attendant que de cette apparence de
sépulcre sorte de son tombeau la nouvelle église.
C'était bien elle aussi qui préparait le chiffre ma-
juscule, mais un gros chiffre alors, par lequel devait s'ouvrir la souscription publique pour la reconstruction projetée.

Après avoir prié, étudié et mûri son projet,
Mgr Verdier appuya contre cette pierre angulaire
la première assise d'une association de la Confrérie du Tiers-Ordre de saint François (1).

Ce levain travaillé comme celui de l'Evangile
par le jeune curé allait s'attaquer à la masse et la
pénétrer progressivement.

Avant de choisir sa devise d'évêque Mgr Verdier
en avait pratiqué une autre qui en est la condition
et lui donne toute sa vérité. Son Supérieur du
Séminaire, M. Malet, sachant qu'il serait compris,
la lui avait confiée comme un programme de
ministère : *præceptum Domini illuminans ocu-
los* (2). Un sulpicien de marque, devenu auteur (3)
rend l'idée dans une formule « faire plonger les
sentiments dans les racines du dogme ». Le jeune
curé de Campagnac l'exprimait par un mot « instruire ». Les pratiques ne valent que par les con-

---

(1) Le Tiers-Ordre fut établi en mars 1887.
(2) Les préceptes du Seigneur éclairent les yeux de la foi.
(3) M. Garriguet, Mois de Marie, *Revue religieuse* du 4 mai 1917.

victions et la conviction est le dérivé de l'instruction, *nil volitum nisi præcognitum*.

Le groupe des tertiaires, par les explications
lumineuses et les exhortations pressantes que leur
apporta l'entretien mensuel de son directeur, comprit bientôt son rôle, ses devoirs; il s'attacha à sa
règle et se voua au prosélytisme; bientôt il s'élar-
git, déborda, compta peu à peu dans ses rangs des
recrues étonnées les premières de se trouver sou-
mises à une règle de perfection. La science, le zèle,
la patience du curé, sans crainte de fatigue, faisaient naître dans ces réunions des résolutions
dont les effets pratiques se manifestaient ensuite
pour tout le mois. La communion fréquente, les
confessions de quinzaine, les exercices religieux
de la journée s'établirent dans l'émulation et
l'exemple réciproques. Devant ce courant général,
devant cet empressement vers l'église à la moindre
fête, les profanes de la vie spirituelle se demandaient quels étaient donc ces petits dimanches qui
faisaient « ouir la messe » à tant de personnes? Des
observateurs plus instruits remarquaient facilement que ces dimanches de semaine avaient aussi
des Vêpres à leur manière. Un petit règlement de
vie élastique, adapté aux facilités personnelles,
aux situations domestiques, expliquait tout ce
mouvement spirituel, ces visites, ces stations devant le chemin de croix, ces lectures, ces médita-
tions même qui se succédaient ou coïncidaient
dans l'église de Campagnac.

Le recrutement du Tiers-Ordre de l'âge mûr
descendit jusqu'à la jeunesse, groupée elle-même
derrière la Congrégation des Enfants de Marie.

Les jeunes filles enrôlées avec le ruban blanc,
comme aspirantes, dès la communion solennelle
(la première communion), étaient définitivement

Campagnac : Avenue de Saint-Laurent-d'Olt le jour de l'Assomption.

reçues du ruban bleu après une épreuve un peu
longue. Le règlement de cette Congrégation (1) con-
tient quelques articles appréciés des connaisseurs
en administration paroissiale. Le Directeur, dès la
fondation, sut allier la bonté, la fermeté et la piété
dans une mesure qui lui valut un ascendant con-
sidérable. Les rappels au devoir, la répression des
défauts laissaient toujours place au respect des
moindres enfants ; lesquelles à leur tour respectè-
rent plus que leur règlement de congréganiste se
laissant entraîner dans la voie des conseils. La
messe fut fréquentée en semaine après la période
établie pour l'instruction religieuse et la communion devint fréquente parmi les Enfants de Marie
de Campagnac avant que le Souverain Pontife
Pie X fit connaître au monde son appel et ses
décrets sur la fréquente communion.

La coutume, une coutume qui eut force de règle,
s'établit bientôt de faire deux communions au
moins par mois, celle du 1er dimanche et celle du
3me avec le ruban ; et même, au moins pour le 1er dimanche et les jours de fête, cette communion se
faisait avec une sorte d'uniforme, c'est-à-dire un
costume sérieux excluant toute couleur voyante.

Les jeunes garçons, eux aussi, avaient leur grou-
pement, leur règle et leur décoration des Saints
Anges. Les hommes et les jeunes gens ne restèrent
pas étrangers à la sollicitude de leur curé. Parmi
eux, quelques années plus tôt, une confrérie eut vite
fait merveille ; le chemin de fer par ses vides et son
esprit avait rendu plus rares les éléments ; Mgr Verdier crut prudent pour les réunir d'attendre une occasion favorable. En attendant, il semait le blé qui

---

(1) Après avoir subi une longue interruption avant l'arrivée de Mgr Verdier, la Congrégation fut rétablie le 8 mai 1887.

allait « lever ». En 1892, après la mission de mai, fut établie la *confrérie du St-Sacrement* dont les réunions furent forcément suspendues, faute de local, pendant la période de reconstruction de l'Eglise. Le directeur de cette confrérie aurait avec tant de joie, quelques années plus tard, saisi de la main cette moisson de jeunesse dont la guerre est venue disperser la gerbe dorée sur les lignes du front ! Après tant d'industries et de travail pour conduire ses âmes plus parfaitement à Dieu, Monseigneur Verdier éprouvait encore un regret. Le coup de filet du Tiers-Ordre avait été déjà bien riche, mais ses mailles serrées avaient laissé sans les prendre quelques bonnes volontés. Pour connaître à temps cette difficulté, le curé aurait dû venir à Campagnac avant le chemin de fer ; son zèle toutefois ne se rebuta point et, comme en se jouant des œuvres et de la fatigue, il établit une association au recrutement plus facile, les *Mères chrétiennes*, laquelle pour être la dernière venue ne lui donna pas moins de consolations et de fruits.

Le spectacle religieux de la Paroisse en fête avec toutes ces richesses étalées devenait parfois bien édifiant.

Lorsque les jeunes enfants avec leurs décorations et les Enfants de Marie dans leur tenue sérieuse, enrubannée des couleurs du ciel ; lorsque les Mères chrétiennes en prière, le Tiers-Ordre avec le Christ sur la poitrine, la Confrérie du Saint-Sacrement prenaient leur tour parmi les autres fidèles recueillis et s'alignaient sur un geste du vicaire derrière leur bannière, autour de leur curé, on avait l'impression d'une manifestation disciplinée du moyen âge.

Campagnac : La place publique au jour de la Fête-Dieu.

IV. Les Catéchismes.

Le zèle véritable doit se reconnaître aux soins donnés aux enfants ; c'est le *sinite parvulos* du prêtre. Par l'effort de tous les jours, la dépense de patience, la discipline continuelle qu'il exige, le catéchisme est pénible ; son labeur est plus qu'ignoré ; souvent il devient ingrat à cause des récriminations de la mauvaise volonté auxquelles il expose ; mais il est une source de mérites abondants pour le pasteur d'âmes. Point de paroisse d'ailleurs sans catéchismes, pas plus qu'il n'y a de plantations sans pépinières.

Nos devanciers le faisaient, le demandaient même souvent aux fidèles, le dimanche en chaire ; et les fidèles le pratiquaient plus fidèlement parce qu'ils le repassaient et le savaient. L'esprit vit, comme le corps, de ce dont il se nourrit, et si les catholiques de nos jours professent souvent un christianisme incomplet, n'est-ce pas parce que le catéchisme est regardé comme la leçon du jeune âge et que cette leçon plus ou moins bien apprise n'est plus rappelée depuis l'enfance !

Mgr Verdier en arrivant à Campagnac trouvait un usage favorable à l'instruction religieuse des enfants, fruit de la conquête de ses devanciers. Le catéchisme se faisait à 6 heures toute l'année, même en hiver. Les habitants des villages, formés et assouplis à cette règle, pour profiter de l'heure de tous, organisent dans le bourg un service de pension.

Ce lever matinal de Samuel a plus de charme qu'on ne pense pour les enfants, surtout pendant l'hiver: lorsque beaucoup reposent ils arrivent sans prétextes, sans les retards de l'entourage, exacts et dispos d'esprit et de cœur. Mais devant cette fidélité le curé doit payer sur son propre sommeil de l'exemple nécessaire et attendu. Mgr Verdier fit un pacte avec son règlement de vie spirituelle et la règle du catéchisme et disposa la matinée de façon à ce que, les enfants récitassent, prissent les explications, et, passant de l'enseignement à la pratique, assistassent tous les jours à la messe pour se disperser, comme un essaim joyeux de ce double butin, assez tôt pour prendre le déjeuner chaud de la maison et le chemin battu de l'école.

D'ailleurs le curé se condamna à la discipline d'un parfait catéchiste, marquant scrupuleusement les absences, inscrivant toutes les notes, exigeant les retards avec une précision et une justice rigoureuses : l'heure des admissions et des examens arrivée, l'âge ne devenait pas la grande condition d'acceptation. Les parents le surent et comprirent que la fidélité, l'application et la récitation consignée en des chiffres parlants, prêts à être lus en public, étaient la véritable intercession pour l'admission aux grands actes de la confirmation ou de la première communion.

Cette âpre persévérance, incapable de fléchissement, suppose des mérites extraordinaires. Pendant la reconstruction de l'Eglise dont les travaux interrompus traînèrent en longueur, une cave « la Grotte » servait d'église provisoire ; les enfants, tassés sur des bancs de fortune, laissaient au catéchiste une place bien restreinte pour ses mouvements, tandis qu'un cierge allumé donnait péniblement la seule lumière qui éclairât cette vraie salle de catacombe. Et il fallait presque des raisons d'Etat pour supprimer un catéchisme. Le jeudi n'apportait pas son congé. Ce jour-là, c'était après

déjeuner que de longues séances avaient lieu jusqu'à 9 ou 10 heures avec un programme varié : développement de connaissances historiques, Ancien
et Nouveau Testament, histoire de l'Eglise, un peu
de liturgie, lecture du latin. Le dimanche n'était
pas encore un jour de repos pour le curé. La di-
vision de la persévérance fournissait aussi son con-
tingent et son travail avec l'étude « des fêtes » de
« Monseigneur Gaume ».

Détail à souligner, le chiffre des inscrits était
grand puisque les garçons fréquentaient après
leur première communion le catéchisme quotidien
pendant trois ans et presque toutes les petites
filles pendant quatre ans.

Mgr de Ligonnès parlait des « petits théologiens »,
sortis d'une formation aussi suivie et aussi complète. Plus que les autres, les habitants de Campagnac auront saisi la justesse et la vérité de l'expression, puisque la récitation des enfants avait
lieu tous les dimanches à la messe paroissiale ;
leurs réponses et leurs explications instruisaient
les parents et tous les fidèles y prenaient un très
vif intérêt. Ces enfants poussèrent même pendant
plusieurs fois leur entrain jusqu'à une sorte de
résurrection des vieux « mystères », en débitant en
partie le récit complet de la Passion et tels d'entre
eux conservent encore des opuscules du P. Berthe
sur l'Ecriture Sainte qu'ils avaient conquis « à la
pointe de leur langue » par la récitation.

Le catéchisme est plus qu'une leçon parmi les
autres leçons ; c'est tout un corps de doctrine
que nul autre enseignement ne doit contredire.
Dans une leçon de morale laïque, il fut dit un jour
que « toutes les religions sont bonnes ». Le curé,
avec sa maîtrise de dialectique et sa théologie,
pulvérisa cette erreur pédagogique : encore deux

ou trois imprudences de langage et ce fut fini par crainte d'une réfutation vengeresse.

Le catéchisme doit devenir une pratique et c'est laisser en chemin la formation des enfants que de les abandonner sans surveillance à l'église ou que de ne pas soutenir leurs efforts pour la piété. La première condition pour la bonne tenue aux offices, c'est de ne pas y assister sans livre, sans instrument de prière. N'est-il pas douloureux de constater l'inconséquence de parents accordant beaucoup à la toilette, aux satisfactions de la bouche, aux amusements de leurs enfants et oubliant de leur procurer un manuel d'office, un paroissien complet qui les occupe et leur permet de prier à l'église.

Mgr Verdier eut vite fait saisir et combler la lacune et chaque enfant devait avoir son chapelet et son paroissien romain ; le curé à son tour, descendant d'une stalle qu'il n'occupait pas mal pourtant, procédait à la vérification régulière d'où devait sortir l'habitude et en attendant le petit peuple d'assistants devait montrer paroissien à une main et chapelet à l'autre.

La prière et le bon ordre des petits à l'église devient une leçon et un exemple pour les grands : c'est la réprimande au grand Arsène dirigée vers les fidèles s'ils en avaient besoin ; ceux de Campagnac, d'ailleurs, avaient sur ce point une réputation avantageuse.

Il y a plus : le chant des enfants dans une église est plus que le piston dans une fanfare ; c'est un clairon qui entraîne. Munis de leur paroissien, au moindre élan donné, les catéchisés de Mgr Verdier chantaient volontiers (1) et lorsque, sous la rivalité peut-être, sous l'entrain du moins, les filles répon-

_____

(1) Ils chantaient avec tant d'entrain qu'un officiant disait un jour : « Ils m'auraient volé la Préface et le Pater. »

daient avec ensemble aux garçons, l'assistance ne se contenait plus et tous chantaient en masse. Un prêtre originaire, revenant du pays qu'il n'avait vu depuis longtemps, disait avec étonnement : « Je ne reconnaissais plus mon Campagnac ; je me suis cru dans une basilique de la primitive Église. »

V. La Chaire.

Le zèle vigoureux, suivi, éclairé par le sens de l'opportunité, avait beaucoup obtenu en Mgr Verdier, par ce que ce prêtre de valeur avait su taire, le silence étant une si grande force : *In omni patientia*, avait dit l'Apôtre ; il devait obtenir encore plus par ce qu'il savait dire, par la parole : *In omni patientia et doctrinâ*.

Son éloquence, le diocèse a pu l'apprécier lorsque les circonstances l'ont provoquée, lors de la réception de Mgr de Ligonnès par exemple. La paroisse de Campagnac a eu, elle, l'heureux et long privilège de sa prédication. Ce curé, qui vidait en quelques mots les banalités d'une conversation, devenait inépuisable de doctrine et, par conséquent, d'intérêt en chaire. « Nous nous mourrons d'ignorance », répétait-il quelquefois avec amertume, et sentant, comme l'Apôtre, la nécessité d'instruire, *va mihi si non evangelisavero*, il avait conçu grandement l'ambition de « parler » à son auditoire.

Qu'était ce parler, à son sens, sinon s'adresser non pas d'en haut, avec cadence, solennellement, à ses fidèles, mais avec abandon, simplicité, justesse et leur rendre la religion raisonnable, la vérité accessible ? Le sentiment s'émeut ensuite se-

lon le tempérament dans l'auditoire, mais faut-il
commencer par s'adresser à la raison en l'instrui-
sant. Instruire, d'ailleurs, ce n'est pas faire des thè-
ses et donner des extraits didactiques. Le bon Pasteur, se méfiant de ses connaissances, n'a garde de
confondre la part de chaque règne dans la nature ;
il assure à son troupeau une nourriture toute éla-
borée du sol par les végétaux, *in loco pascuæ*, et
Mgr Verdier ne donnait à son bercail qu'une doctrine assimilée, mise à la portée des esprits les
plus simples, rendue saisissante. Aussi ses entre-
tiens substantiels, raisonnés, étaient-ils émaillés
toujours de comparaisons tirées de la vie matérielle,
de rapprochements choisis à propos, de citations,
d'événements connus qui piquaient l'attention, ouvraient l'intelligence et satisfaisaient la raison ; le
tout servi avec une expression facile, soulignée,
claire, coulant comme de source. Les plus igno-
rants étaient captivés et en sortant ils ne disaient
pas « M. le Curé a fait joli », mais « il s'est bien
expliqué ».

Les auditeurs plus capables d'apprécier restaient
comme sous le charme d'un régal de parole. Car
dans cet exposé de la vérité, il y avait l'aisance,
l'art, le coloris parfois, souvent toute l'ingéniosité
de l'éloquence des Pères ; et au passage on entre-
voyait les principales homélies du bréviaire, les
allusions à la légende des saints, tout ce qui gagne
l'âme en passant par l'esprit.

De la chaire doit tomber plus que de la doctrine
et de la science religieuse ; les nécessités d'administration en font descendre quelquefois des avis,
parfois même des reproches. Mgr Verdier ne se
sentait jamais plus pasteur qu'en ces circonstances.
Sa parole, incisive d'elle-même, gardait toujours
la tenue et les nuances, rappelant les principes,

les vengeant même s'il avait été nécessaire, mais respectant toujours les personnes, en sorte que chacun dans l'assistance pouvait dire en lui-même : « Il a raison. »

Un curé qui n'aigrissait pas même les fidèles en faute pouvait espérer voir ses avis adoptés de tous, aussi ses observations étaient-elles très écoutées et docilement acceptées (1). D'ailleurs, elles étaient claires comme ses idées, raisonnées, sans contradiction avec d'autres observations précédentes, toujours empreintes d'un zèle égal et calme.

Vingt minutes de prédication étaient la règle ordinaire des instructions ; on les eut voulu généralement prolongées ; par exception, les occasions ou des sujets particuliers modifiaient cette durée. L'émotion, Mgr Verdier la faisait naître quelquefois ; à telle sépulture de confrère il a eu fait verser des larmes abondantes ; même alors il se préoccupait de parler plus qu'au sentiment.

C'est donc un succès véritable, soutenu, on peut dire merveilleux, que la chaire a procuré à Mgr Verdier ; ceux qui ont approché, suivi dans l'intimité un curé si heureusement doué pour la parole lui ont trouvé un mérite qui est plus qu'un succès mais un triomphe, le triomphe si difficile de soi-même. En aucune circonstance, on ne lui a entendu une recherche, une interrogation même légitime sur l'effet produit par son éloquence ; une preuve manifeste qu'il savait s'élever au-dessus de la parole humaine : *Non in humanæ sapientiæ persuasibilibus.*

---

(1) Un exemple entre beaucoup d'autres : La procession dominicale à Campagnac avait lieu sur la place publique, à une distance assez longue de l'Eglise. Divers prétextes amenèrent un moment d'hésitation parmi les assistants de la grand'messe. Le curé leur exposa si heureusement les motifs qui demandaient la présence de tous que tous se mirent désormais en devoir d'être fidèles à cette procession.

VI. Le Confessionnal.

Même à distance, tout semblait présager la discrétion sur la personne du curé de Campagnac : son calme, sa sobriété de parole, l'ordre classique de sa tenue et de son vêtement où ne trouvaient jamais place ni la nouveauté ni la négligence ; lorsqu'on entrait en relations, cette maîtrise extérieure révélait tout un trésor de réserve qui mettait toujours à l'aise pour les confidences.

Mais la confiance de tous se manifesta surtout au confessionnal. Eclairé aux meilleures sources de la spiritualité, le pasteur y donnait des conseils autorisés ; son amour de Dieu y savait éveiller la soif de la Justice dans les âmes qu'il dirigeait ensuite vers les grâces abondantes de la fréquentation des sacrements, des pratiques de la visite, de l'assistance à la messe, du bénéfice des indulgences.

« Lorsque vous étiez jeune, avait dit N.-S. à S. Pierre, vous alliez où vous vouliez ; lorsque vous aurez vieilli, un autre vous ceindra ». Le curé de Campagnac, à peine au seuil de l'âge mûr, plus tôt que son patron, se trouva attaché par tout ce qu'il regardait comme son devoir. Saisissant au passage une inscription posée à l'entrée du presbytère, lors de sa nomination définitive à la cure, *cor unum et anima una,* il avait promis à ses fidèles de ne faire qu'un cœur et qu'une âme avec eux, de se donner à eux tout entier. C'est ce don complet de sa personne qui l'attachait au poste et de quels liens ! Le dimanche, il était lié par les réunions des associations après Vêpres, par le catéchisme de persévérance après dîner et, tous les matins de sa semaine, une grande partie de l'année, il avait le lien du catéchisme des communiants ; les confessions à leur tour le lieront aussi pour ses soirées par la scrupuleuse régularité de ses dévotions d'église. A leur jour marqué, les pénitents pourront le trouver et lorsque les conditions de la communion fréquente sont encore moins précises cette distribution par groupes successifs permettra d'avoir la Table Sainte toujours largement garnie de communiants.

Le goût des voyages aura pu souffrir de cet esclavage accepté pour Dieu. « J'ai vu en mes quinze ans de Campagnac..... La Canourgue (1) », dira un jour en plaisantant l'ancien curé devenu grand-vicaire. Sous forme humoristique il rappelait la rareté de ses voyages, ayant entrepris seulement ceux qui étaient nécessités par les affaires, les devoirs de famille ou de stricte amitié, ayant préféré l'enrichissement de l'église (2) par les âmes au développement de ses connaissances géographiques par les excursions. *Da mihi animas cœtera tolle tibi* : Donnez-moi des âmes et gardez le reste.

VII. L'Eglise.

Comme œuvre matérielle, Mgr Verdier avait fait refondre la grande cloche et renouvelé tout le beffroi de l'église en 1890 ; en y ajoutant l'œuvre spirituelle entreprise, un autre curé aurait pu se déclarer satisfait et ne pas étendre davantage son pro-

(1) Localité de Lozère, distante de 15 kilom. de Campagnac.

(2) Sous sa direction sont écloses des vocations nombreuses. Des religieux d'abord, des religieuses nombreuses ensuite en diverses congrégations. Parmi les communautés qui se réjouissent de l'élévation de Mgr Verdier, à la réjouissance de l'avenir certaines peuvent largement joindre la joie du passé pour un heureux recrutement.

gramme; pour les raisons qui vont être exposées, lui crut de son devoir de reconstruire l'église elle-même. Aux yeux de certains cette reconstruction pourrait rester la principale recommandation de son ministère paroissial; elle n'en est en réalité que le résumé concret, donnant la mesure de son goût, de sa prudence, de son idéal; et cet édifice, pour les dépenses de force, de parole, de tact et de prières qu'il a exigées, comme aussi par le résultat obtenu avec la modicité des ressources matérielles à employer reste un petit chef-d'œuvre autour duquel la reconnaissance de la population envers son constructeur doit monter aussi haut que la flèche du clocher

Le guide de Joanne indiquait pour Campagnac une église du XIIe siècle et M. Grimal dans son enthousiasme avait soin de faire admirer aux visiteurs le « berceau roman » d'une partie de la grande nef. Ce joyau était pourtant si mal enchâssé dans les bâtisses adjacentes que l'ensemble du vaisseau donnait l'impression d'un barbarisme d'architecture. La partie primitive allongée par les deux bouts ne correspondait plus avec l'autel; au XVIIIe siècle, un ajoûtage, un élargissement s'était opéré contre toute règle de goût. Le mur de gauche enlevé avait fait place à une voûte unie, vraie voûte de cave, et des piliers massifs, entre ce bas-côté nouveau venu et la nef principale, s'interposaient de si mauvaise façon que Mgr Bourret n'avait pas reculé devant le qualificatif de « grange pour l'église de Campagnac.

On l'aurait remplacée très facilement à une époque où le pays beaucoup plus riche possédait des fortunes plus malléables aux bonnes œuvres. Les goûts de l'architecture étaient alors moins formés, moins exigeants par conséquent. Manqua-t-il une

Château de Beaufort.

direction ? Les occasions favorables en tout cas
étaient passées. Une dernière chance de réussite
se présentait et Mgr Verdier crut devoir en faire
profiter la paroisse. Les dépenses soupesées sur
les ressources entrevues, un plan fut conçu (1), ar-
rêté et le projet en fut dressé : restait à fixer l'adjudication.

Par sa destination même, une église déplaît aux
esprits de ténèbres ; comme les prêtres déterminés
à en construire, Mgr Verdier pouvait s'attendre à
susciter quelque colère chez le démon. Nous com-
prenons même maintenant comment il devait soulever et essuyer une rage particulière. Avantageuse,
nécessaire même pour la paroisse, la construction
projetée devait contrarier quelques intérêts indivi-
duels. De ce choc du bien particulier contre le bien
général sortit un vrai mouvement d'enfer.

La souscription, lancée en mai 1892 à la suite
d'une mission dirigée par le Père Costes, curé de
Ceignac aujourd'hui, réalisait un chiffre bien rond,
mais le retrait d'une parole d'honneur, provoquant
une défection contre laquelle on n'était pas suffi-
samment armé apporta un vide inattendu, insuffi-
sant néanmoins pour compromettre la réalisation
du projet. Il fournit cependant l'occasion et le
temps à un complot secret qui s'acharna, par tacti-
que, contre le plan de l'architecte (2), et des hommes, jusque-là éloignés de fortune, d'idées, on
pourrait bien dire aussi de pays, se rencontrèrent
dans une opposition dont le résultat devait permet-
tre à la souscription de périmer.

Le projet prévoyait un léger élargissement de

---

(1) L'architecte était M. Pons, ancien élève des Beaux-arts, architecte dé-
partemental.

(2) Pour cacher leur péché d'avarice, disait un malin, ils voudraient trouver des fautes sur l'architecte.

l'édifice ancien à prendre sur une rue ; l'enquête
« de commodo et incommodo » de 1894 montrera
comment la municipalité n'avait pas à s'en alarmer ;
mais tout de même fallait-il l'avis favorable du
conseil.

Un des intéressés de la souscription, et non des
moindres, sans autre amour-propre, y alla de son
contre-projet s'érigeant en expert et en architecte.
Le plan présenté à l'approbation municipale, disait-
on, était trop grand (1) et sous ses lignes se cachait
la ruine même de la commune ; les prévisions de
la pierre de taille et du moëllon (2) réservaient des
surprises et des désastres. Enfin les prix du devis
paraissaient de simples prix de complaisance et,
approuver sans retouches ce plan, n'était-ce pas
aller en aveugle vers quelque banqueroute !

Tels étaient les griefs développés devant les pauvres édiles saisis du scrupule de la gestion des
fonds communaux.

Le curé suivait jusque dans l'ombre où ils se
cachaient les émissaires séducteurs ; pour ne pas
éteindre une mèche qui fumait encore il patientait
avec un reste d'espoir de voir la vérité et le bon
sens triompher. Mais, à la fin, arriva le moment où,
en perdant le temps, on perdait tout. M. le Curé
sortit de son poste d'observation, s'adressa en
particulier et en séance publique aux conseillers
municipaux, leur exposa ses raisons, leur exprima
les motifs de sa confiance dans leur vote. Chaque
fois, ces messieurs se laissaient convaincre par la
netteté des explications ; mais sur cette semence

---

(1) Toutes les pierres de la construction crient maintenant contre les cro-
quis de ce nouveau-né de l'architecture.

(2) La carrière désignée était celle qui avait fourni la pierre de taille pour
le viaduc. Un connaisseur se chargeait d'en tirer encore une douzaine de
viaducs.

l'homme ennemi revenait jeter son ivraie et les bonnes résolutions en étaient étouffées. Enfin, dans une séance de janvier 1894, le conseil municipal, par 10 voix contre 2, refusa son approbation.

C'était bien la condamnation à mort du projet, mais le curé allait faire appel. Les griefs formulés par l'opposition, il les avait fait prendre par des témoins assistant à la réunion et, avant de se résigner à cet ensevelissement des espérances religieuses de ses paroissiens, il demanda en chaire à être entendu contradictoirement. Mgr Verdier avait eu ses belles heures de parole ; ceux qui l'ont entendu l'ont trouvé cette fois admirable de force, de dialectique, de prudence et de persuasion.

Le chef visible de l'opposition était sans doute peu flatté de la présence du curé à une séance de cette importance ; mais il l'accepta pour ne pas risquer sa popularité devant la paroisse désireuse d'avoir son défenseur. Pour atténuer le danger, on précipita la réunion du conseil qui, ce jour-là, se trouva très vite au complet ; mais le curé, flairant le geste, ne fut ni en retard ni timide ; avec sa réplique, avec ses pièces du projet et son droit en main il gagna vite la cause auprès du public qui arrivait et envahissait la salle. Déjà s'amoncelaient les symptômes et les éléments d'un orage lorsque, pour échapper à la conclusion qui s'imposait et se mettre en même temps à l'abri, celui qui dirigeait les séances fit appel à sa souplesse habituelle, feignit une inspiration et rallia sa majorité autour du vote d'un ajournement au lendemain pour un supplément d'informations. Sur le champ, on rédigea un télégramme demandant à M. Pons, architecte, d'apporter des explications nouvelles et la séance fut levée.

C'est un vrai drame en trois actes que cette

histoire de l'approbation du projet de l'église ; quelques scènes mêmes y amenaient de la détente. Le premier acte, après des manœuvres louches, rageuses, tentées dans l'ombre, s'était terminé sur un refus du Conseil municipal, refus pénible et angoissant pour le curé et la grande majorité de ses fidèles. Le second, dans cette soirée célèbre du 20 janvier 1894, se finit sur le succès de l'éloquence du porte-parole de la paroisse : le mot de la municipalité, la dialectique du curé avaient eu leur tour ; à l'œuvre maintenant, la main de la Providence pour le troisième acte.

Par ce prétexte d'explications à obtenir, l'opposition ne désarmait pas ; elle gagnait du temps sous les apparences de la préoccupation désintéressée des deniers publics. Mgr Verdier faisait prier beaucoup ; il priait sans doute plus que les autres et Dieu exauça visiblement cette prière alarmée et pressante.

En réalité, la dialectique du curé avait brisé les reins à la municipalité qui se trouvera divisée en deux tronçons. Le maire nominal, effrayé des menaces qu'il avait senties de près, de trop près peut-être, saisi aussi sans doute par quelque influence d'outre-tombe (1) donna, sans consentir à la retirer, sa démission. Pour son remplacement, des intrigues se nouèrent ; l'opposition adopta et soutint un candidat et, comme résultat des compétitions préparées autour de l'urne, à un troisième tour de scrutin, au grand étonnement de certains, sortit triomphant le nom de l'un des deux membres du conseil qui avaient été fermement favorables au projet (2). Le nouvel élu, par une action person-

(1) Il est de notoriété que sa famille comptait de vrais patriarches parmi ses ancêtres, lesquels devaient s'étonner de l'opposition.

(2) L'élu, M. J. Ladet, avec l'usage qu'il avait acquis des plans et des entreprises, était convaincu par le détail de la sincérité de tout le projet ; et ses

L'église de Campagnac.

nelle aux moments propices, rallia une majorité, remplit les formalités de l'enquête « de commodo et incommodo » et, après l'approbation préfectorale, eut la joie de faire afficher l'annonce d'un secours de 12.000 fr. obtenu par M. Clausel de Coussergues, député de la circonscription.

Les formalités de la mise en adjudication ne tardèrent pas et, le 9 juin 1895, Mgr Aldebert, archiprêtre, présidait la cérémonie de la bénédiction de la première pierre. Très rares étaient ceux qui n'étaient pas contents ; les opposants de bonne foi s'estimaient heureux d'avoir chassé leurs hésitations ; les bâtisses sortaient de leurs fondements, s'élevaient même à une certaine hauteur lorsque de nouvelles épreuves allaient surgir.

L'entrepreneur, sur lequel on croyait devoir compter, poussait allègrement les travaux ; tout à coup on comprit que sa volonté avait été mal influencée ; il renvoyait graduellement ses ouvriers ; il cessa lui-même le travail sous prétexte que la carrière était insuffisante. La fabrique dut l'actionner devant le tribunal administratif ; les premières plaidoiries eurent lieu en janvier 1896. Après une expertise contradictoire, l'entrepreneur fut condamné. Cette condamnation n'activa guère les travaux ; l'adjudicataire opposa une inertie calculée et ne se décida à reprendre le travail qu'après un nouveau jugement ordonnant la mise en régie.

Entre temps, la municipalité Aldebert avait succédé, en mai 1896, à l'ancienne municipalité Evesque ; elle devait se montrer dévouée à l'entreprise de la reconstruction. Les rares mécontents essayèrent bien de recourir au venin de la presse ; mais les Dominique du pays et d'ailleurs apprirent

convictions, qu'il chercha à inculquer à ses collègues, n'ont pas été contredites par les événements. L'église n'a pas coûté un centime à la commune.

à leurs dépens comment une houlette peut se transformer en verge contre les loups le plus hypocritement déguisés.

Non sans un nouveau déboire (1) les bâtisses enfin s'achèvent ; le curé devra s'occuper de l'ornementation ; il le fera avec son goût et son soin accoutumés. Pour l'assaut définitif de ces dépenses, il a gardé une armée de réserve et il lui fait signe au moment opportun. Les vitraux, au coloris riche et fin, sont attribués à des familles de volontaires ; l'autel principal en marbre massif, devient la part des prêtres de Campagnac ; le sanctuaire tout pavé de marbre rose, les crédences en marbre gris, le chemin de la croix en médaillon, les autels latéraux accompagnant le grand autel sont achetés par souscription anonyme. Le dessus du portail d'entrée est enrichi d'un bas-relief « le martyre de sainte Foy » sorti des mains d'un artiste du pays, M. Serpantié. L'œuvre en 1901 est finie et bien finie lorsque M. Verdier est appelé à Rodez (2) ; il amènera Mgr Francqueville pour la consacrer solennellement le 20 mars 1902.

L'histoire de la reconstruction de l'église comme aussi le tableau de tout l'ouvrage spirituel accompli par Mgr Verdier évoquent et appellent de toute la force de la vérité et avec toute la voix de la justice un nom, un nom que les fidèles de Campagnac seraient étonnés de ne pas trouver à côté de celui de leur ancien curé.

L'autorité, ou mieux la Providence, lui avait donné un collaborateur compétent en travaux manuels (d'où le choix de ce chapitre pour parler de

(1) Un ouvrier Bras, poseur, au moment de commencer les voûtes, tomba et fut relevé mort ; il avait été enseveli sous quelques pans de maçonnerie.

(2) Pour bien juger cette œuvre dans toute sa perfection il faut avoir vu l'utilisation et l'ameublement de la sacristie souvent regardée comme le supplément secondaire d'une église.

lui), mais reproduisant dans tous les soins de son ministère l'image d'un vicaire parfait. Comme son curé, M. Auguy ne connut qu'un titre administratif ; lorsqu'il était désigné pour un poste beaucoup plus important il laissa son avancement sacrifié à la poursuite de l'œuvre entreprise. Dans les rapports intimes du presbytère, entre les deux prêtres c'était la cordialité unissant les nuances de deux caractères comme la chimie combine dans ses sels des éléments différents. Cette union parfaite arrivait, en effet, à répandre un sel de jovialité à travers les longues épreuves morales, un sel réparateur qui adoucissait les lourdes fatigues de la chaire, du catéchisme, du confessionnal. En public, bon et généreux, dévoué, M. Auguy était toujours d'une réserve, d'une délicatesse qui le gardaient, jusque dans son abandon, sans peur et sans reproches. Combinant son zèle avec celui de son curé, il lui donnait la forme capable de le rendre plus utile, prenant le rôle d'avant-garde, acceptant les postes où parfois le risque pouvait se présenter, mais où il était toujours fermement et loyalement soutenu. Le profond sentiment de son devoir lui faisait fouler aux pieds toute recherche personnelle, le mettait en garde contre tout ce qui aurait pu affaiblir le résultat pour lequel il collaborait avec tant d'intelligence, de générosité et de persévérance.

La paroisse de Campagnac trouverait, si elle la réunissait, une longue liste de vicaires. Jusqu'en 1830 elle en possédait même deux (1). Parmi eux il y en a eu de fort excellents. Mais, sans rien enlever de leur valeur et de leurs mérites, il faut bien

(1) La paroisse de Canac, primitivement constituée par les moines de Conques en même temps que celle de Campagnac, avait été desservie par le clergé séculier de cette dernière paroisse jusqu'en 1830. A cette époque, elle devint titulaire d'un curé, M. Deliane, de Saint-Laurent-d'Olt.

dire que par la longueur et la compétence de ses services, par l'importance du grand œuvre auquel il a collaboré si efficacement, M. Auguy prend le premier rang et, si Monseigneur Verdier reste l'Evêque de Campagnac, M. Auguy devant la postérité sera son grand vicaire.

VIII. Le Culte.

Il fallait maintenant donner une âme à ce corps construit par les ouvriers et façonné par l'architecte : l'âme du culte.

Les ressources normales pour les dépenses cultuelles consistent dans les abonnements ou cotisations annuelles payés par les fidèles. Le public appelle cette contribution l'abonnement des chaises : mais c'est improprement parler. La chaise n'est que l'occasion de la contribution personnelle. La fabrique de Campagnac n'avait possédé que quelques bancs dans l'église provisoire ; dans l'église reconstruite elle ne conservait que quelques chaises sauvées de la destruction. M. le curé expliqua la situation ; les personnes qui voulaient une place fixe apporteraient elles-mêmes leur chaise, la fabrique ne pouvant fournir que quelques sièges pour les places volantes. Ainsi fut-il fait et chacun, pour garder la place choisie, avait dès lors un double motif d'être fidèle au paiement de l'annuité.

Dès son arrivée comme régent, Mgr Verdier s'était préoccupé du respect et de l'ordre à assurer aux cérémonies en prenant un sacristain. Le choix du bon Joseph Mareillac lui assura un parfait homme d'église. Laissant ces enfants à gage, que le gain peut rendre fidèles mais non respectueux, il forma tous les petits garçons du catéchisme assez grands pour servir la messe à tour de rôle et appela comme enfants de chœur les garçons les plus sages et les plus surveillés par les parents. Il y en avait une vraie petite troupe, sous des costumes, à certaines fêtes, surtout aux fêtes du Saint-Sacrement et du Sacré-Cœur.

Jaloux d'honorer Dieu avec les symboles que s'est choisi la litugie, il s'insurgea contre toutes les préparations de graisse et de stéarine qu'on allume ou qu'on fait allumer devant le Saint Sacrement sous forme de cierge (1). D'ailleurs, depuis, l'usage de la vraie cire a fait des progrès un peu partout. A Campagnac, depuis longtemps, vendeurs et acheteurs, devant les explications reçues, ne se contentèrent pas de la cire liturgique mais adoptèrent du premier coup la cire pure.

Mgr Verdier, dans sa modestie, n'a jamais posé en rubriciste, mais il a été toujours scrupuleux de donner aux cérémonies paroissiales toute l'ampleur qu'elles demandent ; alors qu'il paraît si peu démonstratif pour lui-même, il a toujours recherché pour Dieu la pompe du culte religieux, se rapprochant des maîtres de la liturgie et s'adressant à Dom Guéranger lui-même pour s'aider dans la réorganisation des manifestations publiques après la reconstruction.

La nouvelle église avec ses deux nefs permettant le developpement des cérémonies, il composa une escorte au Saint Sacrement pour la procession du 3e dimanche et pour les cortèges de la Fête-Dieu ; quatre marguilliers et quatre marguillières : deux

---

(1) Les graisses symbolisent les passions animales, alors que la cire dans les cierges doit symboliser la pureté de vie et l'amour de Dieu.

jeunes gens et deux hommes, deux jeunes filles et deux femmes sont choisies tous les ans parmi les personnes recommandables.

Lorsqu'on entre dans l'église de Campagnac, un riche autel se présente au visiteur avec sa parure d'or, ses bas-reliefs, ses colonnettes massives. Les gradins ne s'embarrassent pas du clinquant de flamberges creuses et sonores, imitation d'une matière qui n'existe pas. Ils portent un poids plus riche de gros cierges en cire blanche, transparente, répandant une suave odeur et portant haut et longtemps leur lumière vers les voûtes de l'église et du Ciel. Après être restés dans les mains des marguilliers et des marguillères comme des témoignages de leur générosité et de leur piété derrière le Saint Sacrement, ils sont maintenant postés autour du Tabernacle comme des sentinelles mystiques attendant que d'autres les remplacent ; et cette relève annuelle, que leur assure la piété des fidèles, opère volontairement ce que les prêtres de l'Ancienne Loi ne faisaient que sous la menace : la permanence d'un feu sacré, du moins d'une flamme symbolique qui fait revivre aux yeux des hommes Celui qui a dit : « Je suis la lumière », « les nations marcheront à ma lumière. »

IX. Les Confrères.

Dans le portrait de son évêque, saint Paul voulait la bienveillance et l'hospitalité. Mgr Verdier avait toujours assuré aux fidèles un accueil simple, aimable, sans mièvrerie et sans artifice, prudent, toujours généreux. Mais cette hospitalité du presbytère devait trouver toutes ses nuances dans les relations avec les confrères.

Les prêtres originaires de la paroisse les pre-
miers allaient en sentir toutes les délicatesses. Le
pasteur les regardait comme une portion choisie
de son troupeau ; il devait même y trouver, malgré
la distance et la durée de la dispersion, la sève et
les vertus du pays. Car le prêtre est « pris parmi
les hommes » et la formation ecclésiastique, en
l'élevant et en le perfectionnant, ne lui enlève pas
toute sa saveur de terroir, comme aux essences les
plus fines la distillation laisse encore quelque
goût des matières premières.

Des anciens prêtres de Campagnac il restait des
souvenirs et des exemples composant une sorte de
tradition. Avant la révolution, çà et là, quelques
noms sont mentionnés. Plus près de nous un abbé
Bousquet, ancien curé d'Estables, aurait eu beaucoup de finesse d'esprit ; un abbé *Rossignol* avait
été par sa piété appelé à la cure de Ceignac.
M. Dissez, le sulpicien connu du Canada, parlait
avec émotion d'un autre abbé *Rossignol*, son con-
disciple, qu'il regardait comme un saint ; un abbé
Contesti, mort à Blauzac, avait pratiqué l'ascétisme
de la Trappe, un abbé *Chabbert*, ancien curé de
Ségonzac, avait montré une austérité un peu âpre.

Le groupe des prêtres survivants s'était groupé
en association vers 1872.

Le président était M. *Delort*, un vieillard encore
plus chargé de mérites que d'années. N'ayant fait
qu'un poste de curé après un brillant vicariat à
Nant, il avait gravé dans toute sa vie la régularité
de son séminaire. Il allait rarement au pays, mais
chaque fois il y faisait impression. Il chantait avec
la douceur et l'harmonie d'un tuyau d'orgue et
toute sa personne était ordonnée comme un papier
de musique. Une fraîcheur de jeunesse s'alliant à
la piété du séminariste sur ses traits toujours sou-

riants et calmes imprimait à sa physionomie quelque chose d'inoubliable. Pour rester au milieu de ceux qu'il avait aimés, il se choisit un successeur dans sa propre famille dont il connaissait les vertus patriarcales, laissant ainsi le plus intime de ses exemples avec le secret de sa vertu à un prêtre qui porte son nom, et qui dans la rectitude parfaite de son jugement allait continuer avec ardeur toutes les œuvres de son zèle.

M. *Sylvain Solignac,* curé du Gua, était le trésorier. Homme d'initiatives, il avait fondé sa paroisse et assisté à ces riches constructions de M. Coince dont son zèle avait tant tiré profit pour Dieu. Toujours gai et souvent pétillant, il portait en lui au milieu des épreuves inhérentes à un ministère de faubourgs ce calme, ce contentement, cet esprit surnaturel qu'entretient la régularité d'une vie toute sacerdotale. Sa charité, sa bienfaisance, sa bonté, ont été retracées d'ailleurs dans une notice tracée en 1909 par ses amis du bassin houiller.

Le secrétaire était M. *Ressouches,* dont le chanoine Vaylet se préparait à dire :

..... *d'un riche caractère,*
Ressouches à Sébrazac, cru du bon petit vin,
Est un type accompli de pasteur sans reproche.

Nous devons en penser tout le bien possible sans le dire, car sa modestie souffrirait trop à entendre ou à lire son éloge.

La Société des prêtres de Campagnac comptait aussi un autre *Solignac* (Joseph), curé de Sébazac, dont la personne reflétait un vrai charme. Jovial, poli, charitable, dans son amabilité et dans son ordre il rendait le sacerdoce sympathique et son intimité révélait une profonde vertu. Il s'était attaché à ses paroissiens jusqu'à refuser « le canton » afin de mourir parmi eux. Il ne put trouver son conti-

nuateur dans sa propre tribu et se donner un Elisée
de Campagnac pour laisser tomber le manteau de
sa succession. Lui-même avait rempli cet office envers un compatriote, M. *Privat,* son prédécesseur.
Ce curé, deux fois vénérable, avait eu son histoire.
Avec la fortune dans la poche il était allé, lorsque
le Séminaire de Rodez était à peine rétabli, faire
ses études ecclésiastiques à Saint-Sulpice au plus
fort des guerres de l'Empire ; plus tard il racontera
ses impressions sur les *Te Deum* chantés par ordre
de Napoléon victorieux et les émotions qu'en lui
avait fait naître la présence des alliés en 1815. Intré-
pide touriste il avait mesuré la distance de la capi-
tale à pied avec M. Grimal, futur grand-vicaire et
M. Boyer, futur sulpicien, partageant avec eux les
péripéties d'un voyage dont plus tard, bien assis,
ils rappelleront le souvenir détaillé dans la cure de
Sébazac. Ces relations, à une époque où les con-
disciples de Paris étaient moins nombreux et plus
rares, valurent à ce presbytère des visites peu com-
munes et M. Privat montrait à son vicaire régent
un pré où plusieurs évêques, en congé de détente,
avaient ensemble dépouillé leur grandeur pour
entreprendre un jeu aussi simple que celui de
saint Jean l'évangéliste. L'hôte le plus assidu sera
M. Grimal, le grand vicaire, lequel d'une visite à
Sébazac faisait trois fêtes : celle de la barbe, celle
de la bouche et celle du cœur. Celle de la barbe
parce que nul autre ne le rajeunissait avec plus de
douceur que M. Solignac, celle de la bouche parce
que la cuisinière avait reçu les ordres qu'il fallait,
et celle du cœur parce que la cordialité se régalait
en des conversations presque aussi suaves que
celles de saint Benoit.

D'ailleurs, si M. Privat avait emporté de sa formation à Paris la perfection sacerdotale il tenait de

Campagnac la foi et l'esprit des patriarches. Son
frère, conseiller général de la commune sous la Révolution, n'avait certes rien eu du révolutionnaire :
par son mariage avec Mlle André, il était devenu un
des gros commerçants de Rodez et se trouvait en
possession du joli domaine de Vayssettes et de vas-
tes jardins sous Rodez. Pour mieux unifier sa fortune il avait, longtemps après son départ de Campagnac, vendu le riche domaine qu'il y possédait à
la société « la bande noire », mais son souvenir n'a
pas encore disparu du pays natal et lorsque ses anciens compatriotes ont appris que le nouvel Institut
de Théologie s'élevait sur les jardins Privat, ils se
sont réjouis qu'il y eut un peu de Campagnac en
ces terrasses que foulent aux pieds les lévites du
diocèse.

M. Privat n'avait jamais songé à échanger sa paroisse de Sébazac puisqu'en mourant au milieu de
ses paroissiens il devait rester assez près de la
tombe de sa famille. En retour de l'hospitalité large
et riche qu'il avait donnée à certaines sommités ecclésiastiques, il demanda seulement la faveur d'aller prendre dans son pays son successeur et le dernier soutien de sa vie.

Lorsque M. Solignac (1) revenait d'une visite à
Campagnac, le vieillard lui demandait des nouvelles
des familles qu'il avait connues dans sa jeunesse ;
il s'enquérait aussi de l'état d'un arbre qui marquait
une date chère à ses souvenirs et qui avait été
planté en collaboration de tous les membres réu-
nis de la famille avant leur dispersion (2). L'œuvre

(1) M. Solignac appartenait lui aussi à une famille profondément chrétienne. Son frère, depuis longtemps, est président de la fabrique ; à ce titre, il
a eu l'occasion de prêter plus d'un concours à Mgr Verdier.

(2) C'était un noyer planté en 1809, au bout du patus de Moulineau, non tra-
versé alors par la route de St-Saturnin et de Rodez, sur le chemin de Mont-
can. Cet arbre existait il y a peu d'années encore.

n'avait rien de l'orgueil de Babel aussi les frères n'avaient jamais eu à souffrir d'aucune confusion dans leurs relations intimes.

Après les prêtres nommément mentionnés, l'Association en comptait encore d'autres : les Benjamins ceux-là, par conséquent les plus gâtés de leur pasteur. Deux d'entre eux sont morts : l'abbé *Comayras*, ancien vicaire de Clairvaux, et l'abbé *Ressouches*, ancien vicaire de Muret. Mais ceux qui leur survivent, gardant le souvenir et les exemples de leurs devanciers, n'oublient pas qu'en vieillissant ils doivent transmettre intégralement ce dépôt à d'autres âges (1).

Mgr Verdier avait vu arriver à lui, comme un paroissien d'adoption, un autre prêtre du voisinage ; il mérite une mention particulière. Curé à Canac, M. *Puel* avait été la victime d'une cabale manifeste ; tout le clergé du district admira la loyauté et l'esprit de justice que le doyen porta dans sa cause dont il avait été saisi. Ce prêtre bon, ouvert, délicat et dévoué acceptant de bonne grâce la plaisanterie en réunion publique ou en comité secret, lorsqu'il le fallait, savait aussi remplir les rôles sérieux. Animé d'un excellent esprit il cherchait à se rendre utile dans le service de la paroisse, surtout au moment pénible et long de la reconstruction de l'église. Et Mgr Verdier après son départ de Campagnac, montra la fidélité de son amitié en veillant à ce que sa vie eut été bien comprise ; il prit lui-même la plume pour consacrer à sa mémoire un dernier et bienveillant souvenir.

Les confrères du district savaient assez l'accueil

---

(1) La paroisse a possédé aussi des religieux. Un P. Rossignol, jésuite de marque, le Père Pouget, jésuite, que Rodez a entendu maintenant et qu'il connaît, le P. Nogaret, missionnaire d'Alger, le P. Arcibal, Père de la Miséricorde.

que leur réservait le presbytère de Campagnac. Ils
y allaient avec abandon, cordialité et déférence.
D'ailleurs des réunions ambulantes de piété s'é-
taient établies où se trouvait toujours le doyen à
sa place, à son rôle, avec sa tenue, et sa bonté, et
son exemple. Il était aussi fidèle là qu'à l'église.
L'édification mutuelle, le bon conseil, l'encourage-
ment rendaient ces relations de voisinage utiles,
profitables même, rendant toujours quelque chose
de la suavité promise par les Saints Livres aux
liens de la vraie confraternité.

X. La protection de Sainte Foy.

Si les curés font les paroisses, ne peut-on pas
ajouter que les paroisses ont les curés qu'elles mé-
ritent ? C'est le IVᵉ commandement obligeant les
collectivités comme les individus « afin de vivre
longuement ». Du respect de ses prêtres Campagnac a tiré son honneur et sa récompense et lorsque la Providence lui adressa le curé qui devait
voir dans ses mains la houlette transformée en
crosse épiscopale, l'assiduité qu'il montra à le sui-
vre devient un garant pour son avenir spirituel.
L'épiscopat de Mgr Verdier devient pour ce pays
plus qu'un honneur ; c'est une bénédiction jetée sur
l'œuvre dont les successeurs ont reçu la conti-
nuation.
M. *Trémouilles* s'est arraché aux sympathies de
la population, en pleine florescence d'un groupe de
jeunesse, pour porter ses lumières et son intelligence au service des âmes parfaites du Carmel ;
M. *Valadier* après lui tomba prématurément sur le
champ même de son zèle. M. *Majorel,* avec l'intré-

pide audace que la « fortune seconde », a créé presque en même temps aeux écoles chrétiennes qui
prospèrent et regorgent renfermant l'avenir de la
paroisse et les réserves de sa foi.

Au milieu des succès de son zèle et de sa piété
il vient de réaliser une attention pleine de délicatesse : sur la houlette pastorale que le sacre va élever et élargir, il a mis en bonne place sainte Foy :
« la semeuse de miracles », en sorte que cette
sainte à laquelle est dédiée l'église de Campagnac
restera toujours l'appui de son ancien curé, patro-
nant son zèle à travers le développement d'un ministère plus élevé et plus étendu, fécondant ses
œuvres jusqu'à la consommation d'un épiscopat
fructueux.

La population de Campagnac, faut-il l'avouer,
attend avec fierté et confiance le résultat de cette
union que la journée du 20 juin va accomplir avec
les deux Foi : la foi reçue et la Foy offerte, la foi
de la devise et la Foy de la crosse ; pour elle-même
elle y découvre le motif d'une reconnaissance et
d'un attachement plus profonds ; pour le diocèse
entier elle y trouve les gages d'une bien riche *Es-
pérance.*

L'inscription posée, il y a 31 ans, sur le portail
du presbytère à l'arrivée de son jeune curé, *cor
unum et anima una*, a certes multiplié les témoignages d'une sincérité réciproque et au souvenir
ému des prodiges que le temps a opérés dans ce
don mutuel du pasteur et du troupeau, elle songe
déjà aux merveilles que l'éternité réserve parmi
les effusions définitives de la *charité*, dans ce bercail du ciel où l'amour devient si fort et si unitif
qu'il n'y a plus qu'un troupeau et qu'un pasteur.

AD MULTOS ANNOS !

TABLE DES MATIÈRES

Pages

ILLUSTRATIONS

Rodez, imp. Carrère. 617.500.